氷山へ

氷山へ

J・M・G・ル・クレジオ
中村隆之訳

水声社

sentier de la critique

批評の小径

水声社

〈氷山〉よ、手すりもなく、ベルトもなく、仕留められた老いた海鵜の群れと死んだばかりの水夫たちの魂が極北の眩惑的な夜々に肘をつきに来るその場所よ。

〈氷山〉よ、〈氷山〉よ、永遠《とわ》の冬の宗教なきカテドラル、惑星地球の氷帽に包まれて。

冷気が生み出したお前のふちはどれほど高く、どれほど純粋であることか。

〈氷山〉よ、〈氷山〉よ、北大西洋の背、瞑想に向かない海の上で凍りつく崇高なる仏陀、出口なき〈死〉への明滅する〈灯台〉、沈黙の狂乱した叫びは幾世紀と続く。

〈氷山〉よ、〈氷山〉よ、欲求なき〈隠者〉、遮られ、隔たり、害虫から解放された国々。島々の親類よ、泉の親類よ、あなたたちをどれほど仰ぎ見て、どれほど親愛の情を抱いていることか……

――アンリ・ミショー「氷山」(一九三四年)

アンリ・ミショーの詩において驚かされるのは、あの力、あの沈黙と結ばれた力だ。おそらくこの西洋世界では（やはり東洋のうちにその力を見つけやすいからだ、それに、俳諧《ハイカイ》―発句《ホック》というあの倹約の知恵）、多くのモノをこれほど少ないことば《モ》で語る術を知っているような詩人はほかにいない。

この言葉《パロール》の威力は行動的だ。なぜならその言葉は、例証でも、口実でもなく、身振りのようで、ダンスのような直接創造であるからだ。語られること、示されることの切迫感に捉えられる。これまで見ることができず、意識の向こうにとどまり続けてきた、隠されたモノ、ときには神聖なモノ。頭蓋の後ろのように、自分では知らないで維持してきたモノ、漠然と感じてきたその痛み。新しい、これまでに聞いたことのないモノ、ぼくたちの眼には早すぎ、ぼくたちの感覚には遠すぎるモノ。無限のへりに、音の、色の、味の、熱の限界にあるモノ。なぜならこれらのモノは、ときには人間のためというよりもコウモリやトンボのためにあったからだ。たとえば『かつての私』〔一九二七年刊。第一詩集〕の湧出や『パサージュ』〔一九五〇年刊。芸術論集〕の魔術的描写。

ミショーはこれらのモノを捉える術を、それから、いくつかの音節を震えさせてこれらを伝える術を心得ている。ミショーの有する動物的感覚について、あの天性の魔術について、彼が望むときにときおりぼくたちにも与えられるあの感覚について、話すべきかもしれない。

ワシの視線、コヨーテの耳、ヘビの鱗、巨大サメたちの迅速さ、宙を舞うハエたちの敏捷さ、あるいはクラゲたちの緩やかさ。ミショーの言葉は論理的思考からではなく、リズムから、行為から生まれているのだから、生き生きしたこれらの秘密はすべて彼の言葉のうちにある。すべてを知覚し、すべてを受け取るのはぼくたちには難しい。メッセージは閃光を放ち、イメージは炸裂し、語は空白に黒の縞模様をつけ、突如出現する。そうかと思えば、反対に、長く重たい運動が到来し、その塊でぼくたちを締めつけ、凍えさせる。「緩慢な女」〔詩集『プリューム——遠き内部』（一九三八年）所収〕のもたらす恐怖、不安、『グランド・ガラバーニュの旅』〔一九三六年刊。架空旅行記〕の醒めかけた夢。しかしながら、それが終わりを迎えると、ぼくたちは恐ろしい沈黙を感じる。そして、詩のなかで、永遠に生きるのを望むだろう。これらの特徴のうちのただひとつでも、果てまで追い求めようとすれば、ぼくたちは多くの日々を必要とすることだろう。

詩人がすでに自分の住処としているあのだれも知らない領土の海域を思い切って見ようとすれば、おそらく全生涯をかけなければならないだろう。

「イニジ*」、「氷山**」、これらは、フランス語が生み出したもっとも美しく、もっとも純粋で、もっとも真実な詩のうちでも究極の二篇（二十年の隔たり）だ。詩がこの力、この本能、宇宙における生命の諸元素と結びついたこの行為であるとき、文体上の工夫、技法上の達成や隠された意味などといったことはどうでもいい。ぼくはアンリ・ミショーの詩を旅するように読みたい。旅するように、線路の、道路の、海流の道筋次第で、辿った道を引き返すこともあれば、未来を目指し、だれも想像したことがなかった国々を求めることもあるだろう。どこかの場所に存在し、どこかの陸地に立ちたいというこの気持ちを与えるのが詩の特質だ。ミショーの言葉はぼくたちをなじみのある世界から遠ざけ、冒険へと誘い、もうひとつの世界を与える。読むことは旅することだ。ぼくたちは自分たちが何者であるのかを忘れているのだから、ぼくたちは新しい言語《ランガージュ》を聞いているのだから。

ある日、見知らぬイメージのうちに入り込み、そこで生きる術を知りたい、そう願ったことのないひとなどいるだろうか。

アンリ・ミショーの言葉を聞くだけでいい。

一九七八年六月一五日

＊「イニジ（Iniji）」は、一九六二年刊行の詩画集『風と埃――1955-1962』（*Vents et poussieres, 1955-1962*. Paris: Galerie Karl Flinker, 1962）を初出とする。執筆年は不詳だが一九五五年頃と推察される。のちに一九七三年刊行の詩集『様々な瞬間――時間の横断』（*Moments: Traversées du temps*. Paris: Gallimard, 1973）に再録。ル・クレジオが本書後半の「イニジ」論で参照している版は『様々な瞬間』である。

＊＊「氷山（Icebergs）」は、一九三五年刊行の詩集『夜動く』（*La nuit remue*. Paris: Gallimard, 1935）に所収。一九三四年執筆。本書エピグラフを参照。

目次

氷山へ

ぼくたちはさまよって、さまよい続け、ことばひとつない、視界の悪い遠大な拡がりの上で行き先を失い、どこに行くのかを知らず、ぼくたちを導く一切の光もなく、打ち捨てられる。どこにいるのか、だれが探しに来てくれるのか。何も聞こえない。もはや陸地ではなくまだ海でもないこれらの地域では、広範に立ちこめる霧のなかを進むかのように、ほとんど前が見えない。何も感じない。ぼくたちは流れに任せてすべるが、生命の誕生から切り離され、太陽がのぼる地点を目撃できない。

視界の悪い拡がりを横断することばがある。それらは鳥のように素早く通り過ぎると、不可解な道を辿っていく。ところが、ぼくたちはそれらを追いかけることができない。それらは北方へ、空気の澄み切った、果てしなく眺望が開けた地域へ向かう。

もうずいぶん長い間、ぼくたちは流れに任せてすべっている。おそらくぼくたちにはもう顔もなければ、もう手もない。あるいはおそらく、ぼくたちはこれ以上待ちたくないから、疲労のまどろみに包まれて、寝入っている。

何かが現れようとしている。それはたしかだ。それが到来しないことなどありえない。預言者たちは眠りのうちで夢をつくり、小さな穴からまばゆい光を、霧の向こうにじつにすばらしい美を、不意に視る。マストの高所では、見張り番たちが待ち伏せている。断崖の上では、監視人たちが空と海とを始終見回している。その眼は険しく、空間の奥にほんのわずかな穴を穿ちたいと思っている。

空気は石でできており、水は石でできている。

精神は石でできている。寒さで麻痺し、霧で曇っている。そして、ことばは流星のように異質だ。いまからどこに行くのか。だれもまだ知らない。偶然に出会うさいには、眺めあい、手を差し出しあい、体に触れあう。ぼくたちは小窓が穿たれた海上を旅するあの巨大客船に乗る。原動機の回転する振動が、連接棒の騒々しい音が、滑車のきしむ音が、舳先や断崖に波を打ちつける海の轟きが聞こえる。心臓の高鳴りが聞こえる。

「どこに行こうか」

しかし、昼も夜も絶え間なく聞こえてくるのはなんといっても潮騒だ。そのざわめきはぼくたちの耳から離れない。なじみ深く、遠い、海のざわめきこそ、機械や人間が立てる物音よりもはるかに力強く、すべての街路を、すべての大通りを、公園を、広場を満たす。断続的に、砕ける波音、磯波、弱まる海水の、水と風の、絶え間ないさざめきが生じる。というのも、航海へ出発したからだ。ぼくたちは、いま、外海を渡る。

灰色のアスファルトの平野は広く、遠方にはビルディングの白い軒並みが遠のいて見える。出発は果たしたが、おそらく無事に戻れる希望はない。ああ、これが最後の出発となるのだとすれば、その後には連接棒と歯車はもはや止むことはなく、風は吹き止むことはなく、鳥たちは鳴くのを止めることなく、暗い深海では魚雷に似た魚の群れが追跡することになるかもしれない！

最後の家並みは、その壁とその囲いで、ぼくたちを引きとどめる。電信線はぼくたちに巻き付いている。自由になるには、そのケーブル、そのコードを一太刀で断ち切らねばならない。出て行こう！　ぼくたちが好むのは、広大なデッキだ、遠方の、無限の海だ！　ぼくたちは前に進み、境界を踏み越える。おそらく運動はいまやぼくたちのうちにある。穏やかで力強い、緩やかな運動、長い間、はき出される息だ。そしてぼくたちはこの口から現れる風に乗って旅している。

言語《ランガージュ》、美、そのうちで、もう行動を起こすことはできない。動詞や名詞になったのはぼくたちなのだ。詩のなかでいま話し始めたひとは、空の下で、ゆったり拡がる大洋を切り開き、取り囲む水平線に道をつくる、そしてぼくたちは出発し、前進し、彼の領域を横断するのだ……。

ときには昼に、ときには夜に、ぼくたちはこのひとがつくる道を辿り続ける。彼の言葉の風に運ばれ、彼の生命エネルギーに体を震わせ、彼の視線の光に照らされて。

ことばが途切れるときでさえ、それらを忘れることはできない。それらは、海のざわめきに混じりながら、空間に反響し続ける。ぼくたちはもうそれ以外の記憶をもたない。

ぼくたちはアスファルトの広場にいる。午後二時、晴天、車がエンジン音をうならせる道路からはそれほど遠くない。ガソリンスタンドの屋根はとても白く、風は埃の小さなかたまりを巻き上げる。熱したにおいを感じる。人びとのシルエットが地面をひっそりと移動する。影に似ている。ここではだれも話さない。だれも。車から遠のいた動き、影、埃のかたまり、ガラスと鋼鉄に反射する光の破片、あるのはただそれだけだ。

ぼくたちはそこにいる、けれども、詩の声はぼくたちを海上に、数千キロ離れた地点に、波を切り裂く高い舳先の後ろに、押しやり続ける。まさに都市全体が、静まりかえったデッキの上を移動する。都市は、ビルディングや高層タワーや庭園を抱えて、海の中央を前進し、揺れ、ぐらつき、空の下を進む。このようにして、大地の別の領域へ、北方へ、やすやすとぼくたちを運ぶのは、詩の声なのだ。

だれがそのことを知らないというのだろう。彼らはブリッジの手すりへ向かい、見晴らしのよい場所に赴き、高層タワーにのぼり、バルコニーから身を乗り出す。彼らは、おそらく機械が隠されているだろう地下の部屋を探し、それから郊外に向かって再出発する、空間を所有したくて仕方がない、不安な表情をした男たち女たちの集団だ。海鳥は鳴きながら海岸沿いを飛ぶ。ときおり、風が巻き起こり、霧をかき消し、嵐が岩礁を叩きつける。

ぼくたちに語りかける声がなければ、ぼくたちは座礁してしまうだろう。わずかばかりの水たまりと、わずかばかりの小川しかない、石と砂ばかりの不毛な拡がり、そして霧に覆われた低い空のほかには何もかも見えなければ、ぼくたちは動けなくなってしまうだろう。海を見ることができなくなってしまうことだろう。ぼくたちはそれぞれ独房の囚人となり、閉じこめられ、一人きりにされたまま、もはや空も鳥も見ることができなくなるだろうし、もはや北方を、ぼくたちを待つ静かで冷たい国を目指すことも叶わないだろう。

この航海はそもそもどのように始まったのか。声は多くのことを述べない、言葉数の少ないひとの声だ。言い過ぎてしまうことを望まない、遠い声だ。その声は、冷たくて純粋な、不思議なことばを用いて、一度きりしか鳴らず、星のようにたった一度の不動のまばゆさで輝くことばを用いて語るのだ。

しかしそれらは強い。それらは、眼の煌めきのように、ただひとつの光で輝き、この光は空間を照らす。それら威力あることばは、ぼくたちを前方へ押しやり、ぼくたちの住む海岸から引き離すと、ぼくたちの体を振動させる、そしてぼくたちの心臓はもっと早く高鳴る。ことばがぼくたちの内側で何かを回転させ、そしてそのためにぼくたちは道中にいる。それはぼくたちを突き動かす声、海の拡がりに道を切り開くための声であり、その声が、こんなふうに、それぞれのことばで、ぼくたちを導き、助けるのだ。声はゆっくりと絶え間なく話し続ける。ことばは立ち現れ、白いページの上に書かれる。それらは、表に、裏に、到来し、輝き、消える。消えたことばの上を埃のかたまりが通り過ぎる。しかし、それらは蒼穹の星々に似て、いつでもあるべき場所に見出せる。

ことばとは何か。何がことばであるか、もうはっきり分からないが、イメージでも、観念でもない。違う、それらはモノだ。あらんかぎりの力で発光して重量を強めるモノ、静かで美しく、どこからでも見えるモノ、秘密のないサイン、くっきりしたデッサン、ダンスする身体、叫び声、海鵜の緩やかな飛翔、氷海のなかを敏捷に動くサメ、遠くに雪の積もった尖峰、谷、橋、航跡、飛行機雲、砂浜の足跡。語る声のことばはこんなふうで、ほかにもまだたくさんある。

街路を渡ってぼくたちは前に進む、いつでも跡を探しながら。跡を探し出したい。壁を越えて、土地を越えて、海の峰に導く跡。街中で偶然にその跡を見つけたと思うときもある。冷蔵庫の白色が、あまりに、あまりに広大であるのに気づく。そういう時、ぼくたちはそう遠くないところにいる。あるいは、トラックの青色の、冷たい青、果てしない青。一台の貨車が線路をとてもゆっくり走る。するとぼくたちは遠くへ、沖合へ、北の最果てへ誘う運動を認める。一台のバスの、薄い光沢に覆われたフロントガラスの右正面が、断崖のように高く見え、バスが歩道に沿って漂流しているのに気づく。夜、街灯の明かりは星をなし、そして光線は樹氷のように輝く。夜には黒い影の安らぎを知る。昼にはエレベーターの風の音を、路上では車の潮騒を耳にする。高速道路の下には氷堆積《モレーン》が、氷原、クレバスが見える。巨大なカーブの上では、車体はゆっくり前進し、沈黙のうちへ消滅する。ぼくたちはこうしたことをぜんぶ見ているし、ぼくたちがそう遠くないところにいるのを知っているのだ。

絶えず、あちこちを、探索し、観察する。だからぼくたちが身動きをしているのは本当なのだ。声はぼくたちを見捨てていない。声はぼくたちを声のやって来る国へ、永遠の〈北〉国へ、完全な〈北〉へ誘う。その国では空は消え去らず、夜は屈しない。その国では主人は人間ではなく、鳥と魚たちだ。声はぼくたちをその国へ導くのを望み、まさにそこから語りかけるのだ。その声は風に乗って、多くの海と島々を、多くの雲を越えてぼくたちのもとへやって来た。それは一挙に街までやって来た。土地を覆う円弧、ぼくたちが見ることができるうちでもっとも純粋な光だ。

ぼくたちが近づくのを告げる記号が見える。その記号は交互に現れる。新たな空の奇妙な記号。それは成層圏で動かない軽やかな雲か、水平線の向こうの暈《かさ》か、または海上に拡がる緑色の凍った層だ。詩の言葉はずっと前からぼくたちに住み着いている。あたかもその言葉がかつて――まさしく生命が始まるときに――発せられたかのように、あたかもその言葉が、母の胎内で、羊水に浸っているぼくたちに話しかけ始めていたかのように。そのとき、ぼくたちはこれらのことばを、自分たちを揺すり、自分たちをあやすことばをすでに聞いていたのだ。それらは未知の遠い事物を語り、光を、海を、生命を告げていた。闇夜にいるものたちは光とは何かをすでに知っている。内部に、奥底にいるものたちは自由の呼びかけをすでに知っている。声はそれを語っていた、ほかのことばとともに、ほかの物音とともに。そしてそれは四肢のなかで成長し、手を、爪を、内臓を、心臓を形作った。

それは詩、それは言語《ランガージュ》、それは同じものだ。それはいつでもそこにあり、ぼくたちを離さないできた。ときおりぼくたちがそのことをほんの少し忘れてしまったときでも、そうだった。ぼくたちは赴いたり、やって来たり、仕事に励んだりしてきた。しかし、いま、遠い思い出が去来する。ぼくたちはことばに耳を傾ける。そのとき、ぼくたちは、自分たちを誘い、大洋を横断して運ぶ機械の振動を感じるのだ。

みんな一緒に、漂流する、この円形の筏のようなものに乗って出て行こう。まるでもはや何も知らないかのように、もはや過去をもたないかのように、出て行こう。いったいどこに行くのか。

教師は路上でタイプ打ちを止める。

「どこに行くのかね」

漁師は新聞売りの女のもとに行く。

「なあ、おれたちはこんなふうにしてどこに行くんだ」

若い女は青いレンズの入った眼鏡をしている。

「失礼、ムッシュー、あたしたちはどこに行くのです」

人びとが飽きもせず尋ねるのはこういう質問だ。

通行人の眼はたいていの場合時計の文字盤を見ている。まるで自分たちが時刻を知りたいかのように。でも彼らが探しているのは時刻ではない。〈北〉なのだ。

北の最果ての夜々まで導くその航海は長い。何年も前から続いている。それぞれの人びとが、それぞれのモノがそこに赴く。ひとは、そこに赴いているとは気づかずに出発する。そこに、当て所なく、街のどこかにいたと思いきや、ふいに、沖合に、海上に、北方への途上にいるのだ。白くて、高く、堅牢などんなビルディングでもいいが、そうした建物が突然地盤から自由になって、大洋の向こうへ力強く前進するのだ。広場と庭園はゆるやかにただよう。筏はといえば、すべるように斜めに進み、渦に巻き込まれ旋回し、その薄いデッキの下では波がうねっている。地下道とトンネルは、水がその通路に流れ込むときには、いつでもうなり音を立てる。高層タワーは雲の下に移動し、空ではカモメが旋回している。風は吹きすさんでいる。

ぼくたちをこんなに遠くへ運ぶのは声なのか。だが声がつくりだすことばはずっと以前からそこにあった。それはただ、光のなか、空気のなか、海の上にのみあった。

声を聞きながら、ぼくたちはその航海に目覚めた。そうしてぼくたちは赴き、旅立つ。なじみのあった黒い海岸地帯は遠ざかる。すべての陸地は謎に包まれた大洋のただなかをただよう。

不安をかきたてるのは、この声、この詩。しかし、もっとも美しいものでも、唯一の冒険でもある。だれかがあなたに、時間について、天気について、死について、永遠について話すとしても、聞いてはならない、それは退屈で眠たくなるような嘘なのだから。でもこの瞬間、路上で、バスのなかで、あるいはエレベーターで、相変わらず同じことばで、相変わらず同じことを語る、あの声をふいに聞くのだとしたら。その声があなたに〈北〉のことを、ただ〈北〉のことだけを、彼方の、大いなる〈北〉を語るのだとしたら、あなたは体の向きをぐるりと変え、その方角へ向かうのだ。あなたはその視線で空間を貫き、氷冠のひび割れる音を、海上の風の音を聞く。あなたはとても純度の高い冷気を感じ取り、鋭利な光を目撃する。あなたの肌は、あなたを四方から取り囲むこの水に、陸地の高いところから低いところへ流れるこの水に触れて、震える。そうだ、ぼくたちが赴くのは北方なのだ。

あの無人の拡がりが、美しい、あの自由な拡がりがある。そこから言語《ランガージュ》は起こる、素朴に、空の現象のように。言語はみずから展開し、陸地を包み込み、そしてぼくたちは言語の冷たい波紋が通過するのを感じる。これを失わないでいるのは難しい。声から絶対に遠のいてはならず、その声を聞くために窓を開けておかなければならない。声は、壁と屋根を越えて、海からやって来る。ぼくたちが望むこと、それは自由の国、自由の海、老いさらばえた大陸の基盤を絶えず打ち砕き続ける波の仕事、ケーブルのように明瞭かつ明確な水平線、そして空間だ！　じっとしているのはうんざりだ！　家も、通りも、城壁も飽きるほど見た！　向こうには、もう壁も、柵もない。孤独があまりに大きいために、海全体を覆い隠し、その翼で海を抱え込み、冷気のなかを滑翔できるほどだ。

夜中にすでに定点が現れている。これらは何か。これらは魂を導く光だ。ぼくたちは定点が黒い広場の果てで輝き、夜のなかで動かない様子を見る。定点はランプのように発光し、ぼくたちはそれをまばたきせずにじっと見る。星々は水平線の向こうで光り輝く。ぼくたちが赴くのはその星々の方角だ。ぼくたちは星のことをよく知っている、子供の頃から、毎晩それを見ている。星々はいつでも決まった場所におり、ぼくたちに辿るべき道を教えてくれる。この星々に言語は由来し、この星々に生命の言葉は由来する。星々のサインが終わるころ、また別の星が現れる。その星は、ほかの星々に比べると、輝きも弱いし、美しさも足りない。しかし、その星は太陽のように君臨する。その星はぼくたちの愛する名前を、おそらく言語のうちで一番重要な名前を備えている。すべての思考は、その星に、この名前に、いま、こんなふうに由来しているのだ。

北極星《ポラリス》 POLARIS

夜、ぼくはもはやこの星のほかには眺めないし、そのほかはもう目に入らない。星はその冷たい光線を拡大し、その後、四角い家々を押しのけ、格子を取り払い、扉と窓の掛け金を開け、邪魔なものを一掃する。星は大西洋の上でただひとつ輝く。漂流する巨大な建物ははるか後ろにとどまったままだ。どこまで行くのか。しかし星から生じる言葉は忘れられがたい。その言葉はただひとつであり、それはそのまなざしのうちで樹氷色に輝く。

ぼくたちはゆっくり上昇する、鋭い光線に沿って、運ばれ、ばらばらにされ、ひとりぼっちになる。この声はぼくたちが十分に自分たちであるようにさせてくれるから、ぼくたちは、空を見上げながら寝そべるひとたちのように、この言葉を絶えず聞きたい。ぼくたちは、知らないうちに、その言葉の国に、北の領域に到着したのだ。

立ち止まり、動けなくなる、黒い車に囲まれた広場で。夜で冷えた体。ぼくたちはゆっくり息をする、とてもゆっくり。物音は立てない。沈黙は深く大きくなる、そのとき風は吹き始め、そのとき言語から個々のことばは形を帯びる。ぼくはだれか。ぼくはまだ生きているのか。たまたま、いまぼくは人間の頭のなかにいないで、夢のなかのように、そのことばの上を、その波の上をただよっていたりはしないだろうか。ぼくは空を**視る**、海を**視る**。しかしそれは思考の空、思考の奥底の海だ。違う、それはぼくには属していない。言語《ランガージュ》は別の場所からやって来る。ぼくは、空間の中央で、起源の光点をなお見ている。その声はそこから到来しているのをぼくは知っている。言語はだれにも属さない。言語は自由に、空間に君臨している。

　ここには、もはや人間はいない。もはや家もなければ、柵もない。ぼくたちはそこにいる、到着したのだ、ついに。北極星の下の、陸地の峰にいる。もはや何も探さないし、もはや何も望まない。そこにいる、ただそこにいる、完全に、空気のうちに、まるで軽々と！　ぼくたちは厚みを失ったのであり、もはや不透明ではない。冷たく、輝きを放たない光があなたを貫き、風は開いた窓を通るように通り過ぎる。

たぶんぼくたちは黄色い水上飛行機だ。厳寒の海の上を低空飛行し、波すれすれの高さで長らく進んでいる水上飛行機。海は鋼色、暗礁も、舳先もない無限の領野だ。はるか後ろに、時間のもう一方の果てに、灰色のデッキがある。そのデッキにはマスト、砲塔、煙をあげる煙突が据え付けてある。はるか後方には、人間同士の戦争と叫び、ひどい色をした雲、機械、油脂と火薬のにおい、反射、炸裂、赤い信号。**熱**。

しかしぼくたちは海上を走るその十字型の影とともに、波の上を高速で進んでいる。雲ひとつない空の中央で、恒星は輝き、水平線の弓は接近することはない。もうずいぶん長い間、ぼくたちはこんなふうに目の前をまっすぐ飛行している。何時間が経ち、何日が経過したのかはもはや分からない。モーターの騒音は海上に響き渡り、スクリューの透明な輪は冷気を食らい尽くす。ことばを果てしなく語り続ける声に運ばれ、世界の頂上を旅する。ぼくたちは宙づりになる、まさにそこは水と海による二つの完璧な圏域の間にある。ぼくたちは、北極星の光線が眠りにつく中心を見つけるために巨大なサークルを横断する。コンパスと無線方位計は狂うが、大したことはない、ぼくたち自身が狂っているのだ。不思議な静かな声は、その飛翔のうちに、そのダンスのうちに、世界の頂上に、ぼくたちを運んだ。もはや陸地はなく、たったひとつの島もなく、暗礁ひとつすらない。ぼくたちは海上に傾いて、翼の上でゆっくり方向転換して飛翔する。ぼくたちがいるのは、だれも呼吸できない凍てついた空気のなかであり、だれも見ることのできない水平線の前であり、だれも住んだことのない海の上である。どこまで行くのか。いつまでか。眩暈まで、不在の頂点まで、自由に、何も思い出さず、何も考えずに。ぼくたちはどこかに向かって飛翔する、海はぜんぶすべてぼくたちのものであり、どこでも中心にいる。恐怖と欲望から自由であり、こんなふうに、宙を滑走する。体の重みから自由であり、籠から自由であり、鳥よりも素早く、サメよりも敏捷だ。この声は決してぼくたちを見捨てはしないだろう。おそらくその声は、ある日、立ち去るだろう、横柄に、それがやって来たように。しかしその言葉は書き残されるだろう。声は、声が望むように、現れ、消える。しかし、美しく純粋なこの海があることを、海の上には、この星があることを、ぼくたちはいまや知っている。

黒いフロートを備えた黄色い水上飛行機は、数時間、海の上で回転している。円をつくって前進しながら、水上機は探しているものに接近する。ぼくたちはそれを見に行く。いま、それを見つけないことはありえない。だが欲をもたず、慌てずに、それを見つけなければならない。それは神々、真の神々だ。神々は人間たちを見向きもしない。

神々はそこにいる。ぼくたちは、いま、自分たちのまわりに、巨大な、不動の、海中に屹立する神々を見る。

神々はたいへん白いため、残りのものは漠然としはじめ、ぼくたちは、言葉を失い息をするのも忘れて、神々の前で立ちすくむ。声がぼくたちを導くのはこの神々に向かってだ。声が、その明瞭で硬質な言葉でもって、絶えず話しているのは、この神々についてだ。声は神々の中心で生まれ、空と海から現れると、海岸と都市まで赴く。何年航海を続ければ、だれかを待っているわけではないこの神々のもとに辿り着くのか。神々は、崇拝されることも畏敬されることも求めていない。神々はそこに、その帝国の中心におり、だれを見ることもない。

ぼくたちはもうどこにも行かない。極限の美、これを一度でも感じ取れば、すべての冒険は終わりを告げる。そのとき、体内で大きくなる、とても純粋な冷気に満ちたぼくたちは、両眼を開け、すべての陸地を、すべての生命を支配する神々を見つめる。

青く深い水の上に、背の高い、白い神々は、孤独な星の光に包まれて、屹立する。神々は壊された碑のように海中に身を沈め、北極の水平線の周囲に半円形に配置されている。そういわずとも、ぼくたちが探していた、望んでいたのはこの神々だ。

神々は一挙に出現した、氷河から荒々しく引き抜かれ、海が解放した流氷の破片グリーンランド、スピッツベルゲン島から切り離された。神々はさらなる北から、だれも知らない断崖から、名前のない島々から、やって来る。神々は沈黙に包まれて君臨する、決して人間たちには従わない神々の彫像だ。かつて神々は恐ろしい氷河の地割れから生まれ、生まれた時に、前方に身を投じ、黒い水のなかに潜った。

だからおそらく神々は生まれた場所の名前をいまもなお備えている、魔術的名前を有した野生の静謐な国々。

アンマサリク〔Angmagsalik〕

ナノルタリク〔Nanortalik〕

悲嘆岬《デゾラシオン》〔Cap Désolation〕

それから、そのもっと北には、

モリス・ジェサップ岬〔Cap Morris Jesup〕
チューレ〔Thulé〕
ウペルニビク〔Upernivik〕
カンガトシャク〔Kangatsiak〕
ウマナソーク〔Umanassok〕
ニアクングノック〔Niakungunok〕
アピュタジュイストック〔Aputajuistok〕

それから、そのもっと北には、世界の頂上には、淡水化した海には、流れることのない固形の河に似た、ロモノソフ海嶺。そこは温度計が一番下に下がる場所、空がエーテルに似寄る場所だ。

ぼくたちは世界というものをまだ知っているのか。神々は、黙ったまま、包み隠さず、人間のいない国を、海以外には何もない国を、ずっと支配し続けている。

声は、海を渡り、きらきら輝く氷塊の間を通って、水面すれすれに素早く前進する。しかしだれもその声を聞き取らないし、だれもその声に答えない。ここは言語の国、ただ言語のためだけの国であり、無限の言葉の国だ。水平線はその輪を閉じた、もはや開口部はない。光は変わりなく美しい。寒さは強烈だ。ぼくたちは至上命令の圏域に到着した。そこは、生命の動きが裁かれ、終わりを告げる場所。季節、雷雨、海流、空の電力が生まれる場所。昼と夜、冬の偉大な闇、夏の偉大な昼がつくられる場所だ。そうだ、ぼくたちは言語の生誕地に辿り着いたのだ。そこには、もはやひとつの単語しかない、強度のある簡潔な語、あの星のように輝く、不動の語しかない。

その星のまわりでは、白い天体は見捨てられない。それらの天体は円形の陸地の上を移動し、海を渡り、海岸と港に向かい、都市の迷宮を目指す。

しかし星々は征服するのを望まない。沈黙は星々を包み込み、沈黙は夜空を輝かせ、水を洗う。いまやぼくたちの心中には、この沈黙が、冬の寛容と永遠がわずかばかりある。そしてぼくたちはゆっくり地面を歩く、ぼくたち自身のもっとも大きな部分は黒いアスファルトに隠されている、なめらかな顔、すべりやすい岩壁をもつ切り立った身体、風に抗する額、ここ、思考が寒さで凝固する国では、視線が立ち止まらずに光のように空間に向かってまっすぐ赴く国では、そうだ、ぼくたちはこんなふうであり、語る声はぼくたちを変容させた、そして、ぼくたちは美の君臨をひるまずに分かちあう。

生命の始まりから最期の瞬間まで、ぼくたちは神々の通り道にいる。ぼくたちが詩の声を聞いているとき、あちこちに、極北の楽園は出現する。重たくじめじめした灰色の空を切り開く晴れ間、霧を貫通する白と青の雷光、それらは影のなかで輝きを放つ。生命の中心に、こうして声が戻ってくるたび、ぼくたちの心臓はゆっくり脈打ち、かろうじて呼吸する。凍った空気がぼくたちを酔わせる。強烈な寒さは家々の屋根の上を通り、山々の石たちを輝かせる。それで、もはや何もなくなっている、あの広場も、あの鉄塔も、あの通りも、あの道路も。ただ海があるのだ。空の下で、陽光を受けた、鋼色の海。それで、ぼくたちは一飛びで、海と空の中心にある、〈接近不能極〉のすぐ近くに着く。静かな声はぼくたちを浮遊させると、凍てついた神々の中心まで運び、そしてぼくたちはそこに長い間とどまり、完全に陶酔する。ぼくたちはピアリー〔最初に北極点に到達したとされる探検家〕と一緒に一九〇九年四月六日にいる。ステファンソン、ナンセン、アブルッツィ〔三人とも北極探検家〕という執拗な船乗りたちと一緒に赴く。あるいはまた、ぼくたちは、狂ったコンパスに視線を向けずに、前に向かってまっすぐ飛ぶ。バード〔北極上空を初飛行した探検家〕のように、ウィルキンズ〔北極海横断飛行に成功した探検家〕のように飛ぶ。ぼくたちは飛行船「ノルゲ号」であり、海上できらきらと輝く数え切れない神々の上空を飛び、スピッツベルゲン島からベーリング海峡まで赴く。

それから声は遠ざかった。声はぼくたちのもとを去った。視線は再び小さくなった、海は海岸の下方に引いてしまった。いくつもの島、岬、山、窪んだ谷間、沖積平野が現れた。都市では壁が立て直され、通りは仕事を再開した。寒さから遠ざかり、空から遠ざかり、海から遠ざかったぼくたちは、騒音を、ほかのことばを再び聞くようになりはじめ、点滅するサインをもう一度見た。暑さはぼくたちの腕のまわり、足のまわりに巻き付いた。改めて、隠れ場所、避難場所ができた。星は彼方に遠ざかるようになったため、ぼくたちはもはや夜にしか星を見ることができない。煙のシルエットの間で揺らめき、弱まった星。どこに行くべきか。見るためには、どのビルの屋上に、どの山の頂上に行くべきか。どうしたら一番寒い空間を探し出せるのか。あるいは、冷蔵庫のなかに入り、うなるモーターをものともせずに座り込み、小さな氷柱を見つめなくてはならないのだろうか。だがおそらく、こんなふうに、毎日、毎夜、待つだけで十分だろう。声はやって来た、声は呼びかけた、声は魔術的場所まで、世界の頂上まで導いた。それで、路上で、ときおり、ぼくたちは帰還するひとたちとすれ違う。そしてぼくたちは自分たちがいずれ再訪するのを知っている。凍った純粋な国、境界のない国、詩の声が話し続けるその国は、もはや異郷ではない。その国は生命の中心にあるのだ。それで、鋼鉄とガラスはときおり輝き、飛行機は空を高く飛び、船は港で出航準備を行う。ぼくたちが見つめるとき、北極星は大きくなる。みんなは近々戻ってくる声を待っている。それで、ときおり、女たちはとても青い眼をしている。

イニジ――アンリ・ミショー

もうできない、イニジ
スフィンクス、球体《スフェール》、偽記号、
イニジへの途上の障害物
岸は退く

台座は沈む

世界。世界以上
ただ混交物《アマルガム》だけ

石はもう石である術を知らない

地上のありとあらゆるベッドのうちで
イニジのベッドはどこにあるのか?

小さな娘《こ》

小さなシャベル
イニジはもう腕になる術を知らない

体はほかの体の思い出をもちすぎている
体はもう想像力をもたない
もうどんな体にも耐える力をもたない

流体、流体
通り過ぎるものすべて
立ち止まらずに通り過ぎる
通り過ぎる

自分の糸より細いアリアドネ
どこにいるのかもう分からない

風

風はアラホの上を吹く

風

アナニア　イニジ

アンナンアニムハイニジ

オルナニアン　イニジ
そしてイニジはもう生気がない

半身は外
半身は死

アンナネジャ　イニジ
アンナジェタ　イニジ
アンナマジェタ　イニジ

水さし壺は知を注がない

火はミルクをこぼさない

鍵、
鍵はどこにある？
昆虫たちはこれを運びあい
箒たちはこれを掃き去る

お前だ、お前。だが私にはナイ
イヴは私
〈観念〉の孤女児《みなしご》
出口、閉じた扉

もう引きとめるな、イニジ
イニジは言葉で話す
自分のものではない言葉で

ジンン
ジンン　ジンン
ジン　ディンン　ディンン
イニジの生気は奪われる
イリティィリィリィの線路に帰路はない

どれほどのスズメバチがその頭の夏のなかにいるのか
もうそこにはとどまるな、イニジ

お前ンジュ行くなら
ンジャ行くダ
お前ンジャしないなら
ンジャララない

引き鋼は
そいつを引っぱる

そいつに引っぱられながら

どこに戻るのか？
寝室の芯は出発した

再開　いつでも　元の場所
おお眠ることだ、ギリシア壺のなかで眠ること

水の上で麻痺
畑の上で麻痺

ここで醜悪の塊を受けとる
降り注ぐ針の襲撃を受ける

芳香の裏面を、知らないのだ、やつらは

雷は子供の頭には落ちない
しかし雷はそこにいて、
遊んでいる、自分にたいして、意味もなく、雷を落とそうと

ニニジ山脈は立ち入り禁止だ
空洞、減少、井戸

一まとまりの世界、さまざまな災禍

旅への扉は再び閉じた
イニジは墓の中

奥底の悪意と混じる
相反する性質はその内部に住処をもつ、
火の責め苦と水の画一と
空気の、あやふやさ、つかみがたさとが。

それでも

臼の回転のような生命なき体

そこにはもう光の射す空地はない
もう泉は、もう捧げ物は
見えない蜘蛛の織物の果てしなき刺繍はない
やつらは私の思考で木々をつくる
私のほうはもう何もできない

ただ激しい不快感のみ
ただ継続が継続するのみ

音階はメロディをのみ込んだ

天井の、屋根の下に
床の、ベッドの下に
麻くず　鐘のなかに

一匹の火とかげ《サラマンドル》が私の火を食べた……

この心はもうほかの心とは通わず
この心は心の群れのうちにもうだれも認めない
人びとの心は叫び、騒音、旗で

いっぱいだ

この心はこれらの心と一緒にいると安心しない
この心はこれらの心から遠のいたところに隠れる
この心はこれらの心と一緒にいたくない

おお幕、幕だ　これでもうだれもイニジに気づかない

星《ステラ》、きらめく星《ステラ》
私のためにもう昇ってくれないのか、〈曙光《オーロラ》〉よ

あまりにも重く
あまりにも重く
あまりにも陰鬱な　やつらの記念碑
あまりにも帝国で、あまりにも四角く、
あまりにも野蛮な威圧者で、あまりにも恫喝的で、
そしてわれわれ　あまりにも睡蓮で
あまりにも風のなかの穂で
あまりにも行列から遠のき
あまりにも式典に馴染めず
あまりにもわれわれの年齢は足りず　散歩には本当にいつも

あまりにも粉で
あまりにも篩にかけられ
篩い機のなかでいつも

こうもりの羽は
われわれの顔を叩き続ける

熊手たちは支配した
そしてすべては立ち去った

場所を結びつける絆　ロレンツォ

水上で起きる白鳥は「私の娘よ」とは言わなかった

氷塊の過ちで
精神の出発のせいで
すべては起きた

いま島に近づきつつあるのはだれだ？

形態は雪片になって立ち去り
沈み、拡がり、かたちを変える
黒い雲のへりに接する月たち

血で真っ赤に染まった手袋を脱ぐ
血で真っ赤に染まったシャツを脱ぐ

ああ　放っておいてくれ《ラシアーテ》
放っておいてくれ《ラシアーテ》

沈黙
沈黙
壁のなかをこのまま泳がせてくれ

私に呼びかけるざわめきが聞こえる
彼だ。その時が来たのだ。
ついに！

鏡がわれわれを迎える
鏡はわれわれと交換する
この世から失われたものを、あの世の死を

われわれを放っておいてくれ

ロラハ　ロハ　ロハラ　ロラン

ホハール　ホアン

するとすべては再びあまりにも硬く
あまりにも不快な状態になる

節くれだった老いた手
顔の上　静脈の浮き出たこめかみ

かつて、
かつて
歓喜の河の河床は干上がりはしなかった

イニジはその頃鉛の扉の後ろには住んでいなかった
そんなことは起こりはしなかった。

生命、一本の枝の端……

ああ！　恐るべきこと、あまりにやすやすと
全世界を一掃する震えよ

私のまわりのこの歪んだ顔たち
けっして消えない

やつらは何を望んでいるのだ？

たえず再分配される役割
山鶉、葉、狂女

靄
靄のほかには何もない
靄は再び移動に姿を変えられるのか？

糸が通る
また通る

私を結ぶ果てしない糸
私を包むために戦う繭

おお！　裁き
失神に似た有罪宣告への服従

鋭利な波
鉤状の指
孤女児《みなしご》にとってすべては不幸

墓穴の、親の、ペンチの、ことばの
つかの間の客イニジ

これがもう二度と戻れない遥かなる道筋だ。

乳房は眠る　ミルクを与えて。
優美な曲線を失う……　そしてオパール……
残ったのはただ唇の影と溜息

来い、来い、アウーラウーの風よ
来い、お前！

イニジ

詩についてぼくたちは思い巡らしているのだろうか。詩は何を望むのか、詩はぼくたちに何を望むのか、よく知りたいのかもしれない。詩は何も言わないことが多いのだから。均整がとれていたり、ためらいがちであったり、移り気であったりする、さまざまなことば、さまざまな断片文、結局捉えることのできないことば。

歌のリフレインなのだろう、おそらく。ではいったい音楽はどこか。おそらく黙する音楽、水深百ブラーズの水底で奏でられる音楽。

それとは別の詩がある。歩調をとって歩く軍楽隊のように、組み立てられ、組織された、有名なすべての詩たち。それらが通るとき、ぼくたちはそこにいない。そっぽを向いて、他所へ探しに行く。一般に、それら偉大な詩たちが通ったときには、極度の空隙、強烈な空白（恐怖、疲労）があった。ぼくたちが求めるのはむしろこれだ。

あるいは、さらに別の詩は、深刻なものごとについて語り、罵り、冒瀆する。それは落雷の轟音をつくりだすのだが、雷鳴が好きでないぼくたち小心者は、両肩に首をうずめながら、それが過ぎ去るのを待つのだった。叫びや罵りはぼくたちに向いていない。

書物のなかには、それぞれの詩をつねに超えるものがある。真っ白な頁の上や、行の連なりや、壊れた文、中断……。しかし、ぼくたちは頁の上のこの余白全体を眺めていた、すると、遠くから、あの垂直の山塊の稜線。あまり近づきたくはなかった厄介な丘が、そこにたしかにあり、その場所にそれは、遠くから、遠方にあった。

これらの詩が言い、また同時に何も言わなかったことはこうしたことなのだ。ぼくたちが漠然と読み、その後に放棄する、どこにも行かず、力のない、持続のない、記憶のない、飛翔することば。それらは、見えないミツバチの羽音のような音のなかで、音感なく、ひとりきりで音を立てていた。ここにある語を、向こうに別の語を読み、そして、それらをなんなくつなぎあわせることができたのは、個々の語が根をもたずにおり、生きてはおらず、空の貝殻に似ていたからだった。それらはどの首飾りでもあうのだ。

いま、イニジの後には、もう思いめぐらすことはない。ぼくたちには確信がある。

何かを見たのであり、その後を追いかけたのだ。まるで、ぼくたち自身がこの何かをつくっている最中であるかのように、まるで、水底の音楽を聴くための聴覚を見つけたかのように。

間違いなく、ほかの詩のようでない詩、気を逸らせることも、隠れることもないもの。その詩は本当は書かれておらず、このページ（79という数）〔ミショーの詩集『様々な瞬間』に収録された「イニジ」がはじまるページ〕に**偶然**見つかるものの、それはほかの場所にも見られるはずであって、たとえば、木の表面に書かれていたり、乾いた土地に刻まれていたり、人間の肌に入れ墨されていたりするのだ。その詩がたんに書かれているだけでないのははっきりしている。それは書くこと《エクリチュール》の震えを通過してきたのであり、そんな風にして、詩は最初に現れたのだ。しかし、それはこの震えのうちのみにあるのではなく、目が読むためだけにあるのでもない。それは、空気、雲、遠くに見える木々の葉、海、獣道の踏みつけられた草といった、ぼくたちのまわりのほかの場所にある。それはまた、建物の壁にはさまれて、車、クラクション、光、雑踏の行き交う、大都会の路上にもある。

それはずっと前からそこにあったはずだ。それを読んだ途端にそれと分かるのだから。そのほかの多くの詩、そのほかの多くの書物のなかに、みずから進んで探しはしなかった。まったく何も、作者の名前すらも探しはしなかった。ぼくたちがそれと知らずにそれの方へ向かい、それ自体、ほうき星の流れに沿ってこちらへ接近し、かすめるほどまで近づき、そして去ってゆく。

塞ぎ、妨げる、多くの呪われた知がある。これらのことば、毒気を含んでひとを欺くこれらすべてのことばは、器官を塞ぎ、粘膜で満たし、空気が達するのを邪魔する。多くのことば。つまりは多くの壁。

しかし、自由を生み出す別のことばがある。その理由は分からない。それらは同じではないのか。それらもまた、人間の言語活動《ランガージュ》に属しはしないのか。それらは、こちらが探さずとも、簡単にやって来る。ことばは軽く、何も望まず、重々しく迫ってこない。不動の飛行連隊のように真っ白な空の上で止まったままの、空中のことば。いま、ぼくたちが気づくのはそれらなのであり、ただそれらだ。こうした言語《ランガージュ》はどのように発明されうるのか。これは幻影、偶然だと思いたいところだけれども、ぼくたちはこれが偶然の一致ではないことを（まさに、重圧的な言語《ランガージュ》に属するすべてのことばのせいで）よく知っている。音楽は音楽だけを乱し、イニジのことばは、微動だにしない巨大な湖の上空を飛ぶように、あなたの奥底に自分の像を認める。

詩は、こんな風に、静かに、その身ぶり、その生をたずさえて、あなたを捜し出すために、遠くからやって来た。

意味も方向も失い、動き続けるその詩は、あなたのうちに忍び込み、あなたのなかを探検する。あるいは、身体をもたないでいたのはあなたの方で、あなたはいまイニジの身体をもっている。あなたは語ることを知らないでいた。あなたは考えることも、イメージを抱くことも、〈北〉をもつこともなかった。この詩から遠いところで、生はとても低く、ただただ低い声で不満をささやいてきた。なぜなら組織された言語《ランガージュ》に属するすべての言葉（テーゼとアンチテーゼの言語、分析の言語、判決と荘厳な宣言）は、素材の上をゆっくりただよう霧にしかすぎなかったのだから。あなたは簡単に小石や土くれと間違われる可能性があった。あなたには知がなく、思い出がなかった。

そんなことはどうしたら可能なのか。その前には、イニジの前には、いったいぼくたちはどこにいたのか。

もちろん、言語《ランガージュ》に属するこれらのことば、これら普通のことばは大事だと思われてきた。猟犬のように調教され、狩る——探し、吠え立て、殺すことに役立つ、そうしたことば。しかし、もうひとつの言語《ラング》、生まれる以前からひとが話してきた言語がある。何にも役立たない、人間と人間との交易・交流の言語ではない、太古の言語。だれかを籠絡したり、隷属させたりするための、誘惑の言語ではない。さまざまな語が生じたのは、まさにこの言語からなのだ。流体、風、水さし壺、孤女児《みなしご》、線路、眠ること、心、きらめく、白鳥、放っておいてくれ《ラシアーテ》、靄、優美な曲線、オパール、来い……といったこれらの語。これらは生とともに、生から切り離されることなく、存在してきた。これらはダンスであり、泳ぎであり、飛翔であった。これらは運動を属性としていた。

これらのことばは見失われてしまった。

その後、今日、見出された。いや、これらのことばだ、ぼくを見出し、思い出すように強いているのは。

意味も方向も失った言語は、イルカの身体のように見事に自律して、前に進む。ぼくの身体に沿って難なく疾走し、ぼくの身体を追い越しても気にとめず、高速で群衆を横切るが、だれも止めることはできない。

何も言うことはない、イニジの後には、もう何も言うことはないのだ。いったいこの言語が望むのはこれではなかったのか。どうしてこの言語はぼくたちを無言にさせるのか。音楽は耳を通して入り、口を通って、さもなければ、腰を通って外に出る。

イニジは存在しない。イニジを見かけるたびに、言語は乾いた音を立て、語は滅びる。実在することなく中断する。反射だろうか、おそらくそうだ。なぜならその言葉たちは言葉ではないからだ。ある名前をつかみながら、何が現れるのかを知って早くも嬉しく思うたびに、名前は爆発する。名前は存在しない、ただ泡があるだけだ。赤ん坊の片言、**イニジ**、**アナニア イニジ**、**ジンン**、**ディンン**、**ディンン**、**イリティィリィ**。

ぼくに話しかけたくない言語はパニックをつくりだし、針を渦巻かせ、モーターを過剰回転させ、火花の海を投げつける。催眠の眩惑はあなたを身体の内部からとらえ、あなたは視線を逸らして、下で話している、あなたを呼ぶ声たちの方へ戻りたいと思う。しかし、飛翔するこれらのことばのうち、たったひとつでも失うことの、ダンスを、泳ぎを、生を失うことの恐れ！　生まれてはじめて、おそらくあなたは何かに執着する。

イニジの言語《ラング》は幻想ではない。子音、音節のなかで行き詰まり、見知らぬ部屋のなかにいる盲人のように、家具の間で身動きがとれなくなってしまう、そうした重い言語《ランガージュ》たちだ。あなたはもうすべての言語を話そうとは望まない。ことばは向こうにあり、いつでも向こうにあり、ことばに合流しようとすかさず企てなければならない。はっきり音を出し、響きわたる母音。

おそらくすべてを打ち捨てなければならない。あれもこれもすべて置いておくこと。ため込んで身につけてきたり、吊るしたままにしてきた、あの下品で悪趣味な服も、あの仮面も、あの指輪も、あのベルトも。それはただのことばにすぎないと、きわめてあいまいなものにすぎないと、ぼくたちは思い込もうとしてきた。こちらが望めばそれらはおのずと消えるのに、**ああ言ったり、こう思ったりしてきた**それらは。ことばが考えていたのだから、ある日、こちらの方がそれらを考えるつもりだったのではなかったか。しかしことばはただことばであるだけでない。それらは肉のなかに、血のなかにしつこく食い込んだ長い根を有している。これを引き抜くには苦痛を伴う。学んだ語、周知の語、癖、寄生虫といったものたちが毒を分泌していたのだ。

しかしイニジは選択することを求めない。人生を変える、顔や名前を変えたりする必要はない。イニジが望むのは、思い出すこと、ただそれだけだ。時間を超え、空間を超えた言語《ラング》、永久に話される、あなたを待つことを心得る言語。だから、もうだれも待っていないときにそれは現れ、真っ白な空に、どこにも通じない自分の小さな黒いすべての道を描く。出発は始まらない。ある瞬間、それはぼくたちにその生命で話しかけ、ぼくたちはそれにぼくたちの眼で話しかける。それがそこにいるのを止めた場合、何もなかったかのようであるだけだ。

では、いまからイニジなしで生きていかなければならないのか。下で、くぐもった音でぶつぶつ言い、ぶつくさ言う、それらの方へ引き返さなければならないのか。それを知ることはできない。あたりは風が取り巻いているのだから。

ことばの氷海への至上の誘《いざな》い

今福龍太

ル・クレジオのなかで「北」と「南」はいつも豊かに触れ合っている。それらは互いに押し合い、引き合い、それぞれがもつ強い憧憬の力を闘わせ、組み合い、離れ、ふたたびもつれ合い、いつ終わるとも知れぬダンスを寡黙な音楽に合わせて踊っている。そこでは、身震いするほど清冽な冷気と、体の芯を溶かすほどの生暖かい風とが、渦を巻きながら交差する。北と南の永遠の乱舞。これこそ、ル・クレジオ文学という運動の始まりであり、同時に帰結だといえるだろう。

南は、ル・クレジオにとっての「心」である。もっとも奥深い感情の泉がこんこんと湧く、魂の住処である。作家としての彼の現実の旅もまた、この「心」の深奥部を求めて南へと赴く終わりなき道行きだった。祖先の記憶が眠る島モーリシャス、そしてロドリゲス。軍医だった父の赴任地で少年期の一年を過ごしたナイジェリア。やがてインディオの神秘の呼吸に自らの呼吸を重ねることになったパナマやメキシコとの長いつきあい。メラネシア、ヴァヌアツの島々。二〇〇六年に奄美群島にやって来た彼は「どんな旅も必然的に南へと、心へと赴くのでなければならない」とあらためて書き記した。彼はこの南という方位に、文明の傲慢によって零落しかけた世界を救いだす、簡素で温和な心の平安を夢見た。

この心の故郷へと惹かれてゆく強い力に吊り合うように、もう一つの張力、すなわち「北」へと引き寄せられる意識がある。それは、世俗的な文明社会の呪縛に決別し、南への憧憬とともに心の側に離脱するのではなく、むしろ究極の物質性がもたらす陶酔の側に向けて逃れていこうとするときに浮上する、白い、透明な大気の土地だ。もっとも厳格な物質言語の極北。もっとも純粋で透徹した言葉の種子が、裸のままに生まれでる土地。うわすべりで饒舌なだけの言葉の氾濫、文字情報による知覚の包囲から身を引き離し、篭絡することばでも、隷属させることばでも、誘惑することばでもない、生の運動そのものをまっすぐに名指す純粋なことばだけが、人間の存在など忘れたように、凛乎として存在する場所。ことばをめぐる混迷に突き当たったとき、人は自らの言語意識をまっさらな状態へと更新するために「北」へと赴かねばならない、という直感がル・クレジオのなかにはつねにはたらいている。

本書『氷山へ』は、こうして彼が「北」に向けての旅を指向することによって生まれた書物である。ひたすら、地勢としての北、そして言語における極北を見つめ、その土地のつぶやく寡黙な声を聴き取ろうとした稀有の書物である。そしてこの「北」への意識的な旅を遂行するためにル・クレジオが選び取った旅の先達こそ、アンリ・ミショーだった。いや、選び取ったというよりは、詩人ミショーの鋭利な氷のように研ぎすまされた言葉の乗り物が、不意に彼の前に姿を現し、それに誘われるがままに作家は出立することになった、というべきだろう。ミショーの詩「氷山」の、渦巻きながら「北」を目指そうとする、蒼い烈風に身体ごとゆだねるようにして。

アンリ・ミショー。もっとも魅惑的に世界を旅した人。現実にも、また言葉の上でも。二一歳で小帆船《スクーナー》の水夫となって世界の海をめぐり、内省的紀行『エクアドル』(一九二九)および『アジアにおける一野蛮人』(一九三三)の二著によって、外界の風景や事物と自己内部の異形の意識との驚くべき相同性を誰よりも鮮烈に描きだした異才。『グランド・ガラバーニュの旅』（一九三六）、『魔法の国にて』（一九四一）、『ここ、ポドマ』（一九四六）の散文詩集三部作は、架空旅行記というスタイルをとった、文明社会の反対側に想定された奇妙でかつ夢幻的リアリティにみちた世界だった。旅を、西欧人としての自己破壊と再生の究極の儀式として言語化しようとしたミショー。だから、そのミショーを旅するとは、彼のもっとも魅惑的な旅を自らに投影して再現する、比類なき行為となりうるのだった。そのとき、旅の動力となるのはミショーの彫琢されたテクストと、それを読む者の奔放な想像力である。一篇の詩を意識の両翼にはらませて、人はどこまで旅することができるのだろうか？　ミショーという羽をつけて、きみはどのような鳥として大空を舞うのか？　どこをめざして？　ル・クレジオは、まさにそのような問いを突きつけられたのである。

その一つの答えが、氷山である。「氷山へ」Vers les icebergs。ミショーの短くも崇高な詩「氷山」Icebergs を、みずからの言語意識の奥底で震撼とともに受けとめたル・クレジオは、ゆくりなくも氷山への旅に誘われた。まず、この "iceberg" という語が不思議な言葉である。フランス語のなかに置かれたそれは、北の海に浮かぶ氷塊さながらに、孤独に屹立する風情をたたえている。"iceberg"、おそらくフランス語のなかで発音すれば「アュスベルグ」あるいは「イスベルグ」となるであろうこの語は、それ自体、自らの異物性を隠しようもなくさらけだしている。もともとはゲルマン語系統に起源をもち、より直接的には一八世紀頃のオランダ語 "ijsberg" からとられたと思われる英語 "iceberg《アイスバーグ》" を、さらにフランス語が借用して日常語彙のなかに組み入れたもの。そのような歴史を想像するだけで、この語が、いわばフランス語の海に浮かぶ奇妙な英語の氷塊であることが確認されるだろう。そしてその存在のありようは、ル・クレジオという作家自身の存在を示す暗喩ですらあるかもしれない。両親の故郷、インド洋上の島モーリシャスは、一五世紀の植民地化以後オランダ、フランス、イギリスとその宗主国を変えた。そうした経緯もあって、移住したブルトン人の末裔である彼の父親はイギリス籍であり、母親はフランス籍。ニースでの幼少期から家にあった英語の冒険小説や海洋文学を耽読し、若くして英国ブリストル大学に留学して英語教師としての自己形成を模索しつつ挫折したル・クレジオにとって、フランス語の海のなかで孤独に自己を凝視する英語由来の"iceberg"の一語は、まさに彼の作家としての存在そのものの写し絵のようにも思えたであろう。フランス語で書くことが、かならずしも自明の選択とはいえない複雑な言語・文化的出自を抱えた一人の作家と、その内部に沈殿する英語の欠片たち。そう考えれば、"iceberg" という異形の語との遭遇は、まさに自己の分身のような存在との不思議な言語的邂逅でもあったことになる。

さらにもう一つ別の視点から、"iceberg" という語の異物性をめぐって語ることができるかも知れない。"iceberg" なる語がフランス語において明白な外来語、借用語であることは、言語そのものがある種の「借用性」のもとに存在するほかないことをル・クレジオに直感させたかもしれない。これはまた、ミショーの直感でもありえただろう。言語の本源性にいわれなき信をおき、言語の権威的ですらある支配に身をゆだねてきた文明人の錯誤は、フランス語のなかに借用されてぎこちなく自己主張する "iceberg" という一語によって、すでに見破られている。完全無欠と思われた言語の織物のなかに無数に空いた綻び、そのはざまにゆれる漂流物。だがそれは欠点であるよりははるかに、言語なるものの多孔的な柔らかさ、風や水蒸気を透過させる美質として、言葉の使い手により大きな自由を与えるものだった。そしてインディオこそ、そのような意味で言語の完全無欠性を信用していない最たる種族であり、ミショーはエクアドルで、ル・クレジオはパナマやメキシコで、それぞれこの寡黙な聖者たちと決定的な出遭いをはたすことによって自らの言語意識を一新させた同志なのだった。

愛することも、殺すこともできる言語。それを攻撃と殺戮と平定のためだけに研ぎすませてきた文明社会の悲劇。豊饒な沈黙を盟友とするインディオとともにそのことに気づいたミショーそしてル・クレジオは、言語という帝国からの離反を象徴することばとして、あらためて"iceberg"なる語を旅の旗印に選び取った。言葉のなかに穿たれた、言葉からの脱出口として。

彼らの旅は、その意味で、言語というものの奥底へ降りてゆき、その限界を踏査しようとする冒険でもあった。ミショーが、彼の壮絶な内面の旅を描き出すときのテクストの臨界に立ちあいながら、ル・クレジオは個人的表現としての芸術行為がパナマ、ダリエンの森のなかでは通用しないことを深く理解していた。インディオの椰子の葉でできた簡素な家を彼の新たな「宮殿」と名づけ、朝霧や雨や日中の苛烈な日差しから彼を守るその屋根のもとで暮らすこと。思わせぶりの言葉は消え、物質文明の豊かさは霧散し、樹と石と空と水の沈黙に寄りそう人々のかぼそい声調言語だけが彼の意識を包み込む。何ものをも表現しないことによって全的なものとなることば。作家の世界観を一八〇度転換することになったこの「南」での経験から、彼は言語を個人的表現の所有物として囲い込むのではなく、その野性獣のような身振りに自らの思考と手とをゆだねることに思い至る。書くことは、この密やかに森を徘徊する獣の、奔放ではだかの力を恃むことにほかならない。ロートレアモンの「マルドロールの歌」が奇蹟のように示していたように、そしてミショーの「イニジ」が言語の始原の壮絶な「震え」として記録していたように、書くこととは、個人的探究ではなく、おのれを超える存在と「ともに書く」、あるいはそれに「憑依して書く」ことである。ル・クレジオはこれを、インディオの神話が実現しているような「集団的エクリチュール」あるいは「匿名のエクリチュール」と呼んだが、さらにいえばそれは、個人的ではなく属《ゲヌス》的なものという意味で、ジェネリックなエクリチュールであると規定することもできるだろう。ミショーとル・クレジオは、作家＝詩人としてまさにこの領域にともに「属」しており、その事実を証明するためにこそ書いたのである。

そのような神話性を備えたジェネリックなエクリチュールの一つの実験場が、麻薬体験によって誘引される、脱‐中心化されたエクリチュールの領域であった。ル・クレジオは、インディオの幻覚剤の体験という点においても、ミショーの忠実な弟子である。メキシコのインディオが儀礼的に使用してきた幻覚性のサボテン、ペヨートルから抽出されたメスカリンを服用して陥った意識の臨界域で、ミショーはすでにこう書いていた。

突然、だが、先駆者としての一つのことば、伝令としての一つのことば、人間に先んじて地震を感じる猿のように、行為に先んじて警報を受けとるわたしの言語中枢から、発せられた一つのことば、《眩しく目をくらませる》ということばにすぐ続いて、突然、一本のナイフが、突然千のナイフが、稲妻を嵌めこみ光線を閃かせた千の大鎌、いくつかの森を一気に全部刈りとれるほどに巨大な大鎌が、恐ろしい勢いで、驚くべきスピードで、空間を上から下まで切断しに飛びこんでくる。

（ミショー「みじめな奇蹟」『アンリ・ミショー全集　3』小海永二訳、青土社、一九七八、一一九―一二〇頁）

日常の効用性のなかでとりすましていた言語が破綻し、メスカリンによる幻覚が、人間の意識を未知の研ぎすまされた覚醒へと導く。そのとき、野性獣としてのことばが、鋭利な爪のような切っ先をこちらに向けながらやってくる。一方、パナマ、ダリエンの森でアルカロイド系の物質を含むダトゥラ（チョウセンアサガオ）の精「イワ」を飲んで壮絶な幻覚を経験したル・クレジオは、その体験を民族学的文脈から離れて『瞳孔拡大』（一九七三）のなかでこう暗示的に書きつけていた。

まるでことばはあってはならないかのようだ。視線は唖だ。空間に投げこまれた視線の波動は、ことばの惑星にはぶつからない。視線はたくさんのことを語りたい。休みなく創造し、生みだしたい。だが視線の本体は不動で、呼吸もしない、なぜならそのすべての力は、対象と出あうために空間に投げられているのだから。貯水槽のなかは空っぽだ。何もないのに、何を創造することができよう？　人はまだはっきり気づいていないが、とにかくこうなのだ——言語は物質の内部にある。頭のなかにはない。ことば、真のことばは——。

（ル・クレジオ『瞳孔拡大』。J.M.G. Le Clézio, *Mydriase*. éditions fata morgana, 1973, pp.23-24.　私訳）

ダリエンの森で、ル・クレジオは彼のもとを毎晩訪れる、匿名の、ジェネリックな語りである「神話」に耳を澄ませた。イワの精霊であるダトゥラの苦い汁は、その神話の語りをさらに極限にまで増幅し、彼の視線を変容させ、呪術とよばれるインディオの精神世界の深淵に閃く透明で明晰な光を発見させた。ことばによっては書き記すことが許されない、その秘密の光の世界を開示した。ある意味で、「南」での経験には、のちに「北」への旅においてより鮮明に認知されることになる言語の臨界域が、伏線のようにして忍び込んでいたのである。熱帯の森の湿潤な暖気が体内を一巡りしたとき、それは身体のなかに穿たれた多孔的なほころびをつたってぐるりと反対側に回り込み、より純度の高い光にみたされた極地の冷気へと自然に結ばれてゆく。こうして南への旅は、北への旅と触れ合い、交差した。

そして「氷山」こそ、そのような意識と身体の臨界域で目撃された、真のことばの覚醒の風景のなかに立ち現れてきた物質にして象徴にほかならなかった。ル・クレジオにとっての氷山の特権性は、本書に一〇年以上も先行する哲学的エセー『物質的恍惚』（一九六七）のなかで、このようなかたちですでに予告されている。

それはそこにある、もう一つの意識の凍りついた眼差しのように〔……〕。あらゆる人間の外部にあって、知性のためにではなく世界のためにはたらいているあの眼差し〔……〕。氷。氷。光とエネルギーの壮大な氷山。生命の痙攣的跳躍の解氷。大地の彼方にある大いなる寒気のように、そこでは逃げ去ろうとしていたすべてを物質の力が麻痺させてしまった。水は静かで密閉された塊となって結氷し、空気は還元不可能な金属と化し、火はそのむき出しの刃を永遠に不動化して、もはや灼《や》くことがない。灼かれているのだ。そしていたるところ、すべて存在するものはその魔術的自己同一性に打たれ、石化した生命の怖ろしいほど壮大なスペクタクルをこれが最後とばかりに見せている。

(『物質的恍惚』豊崎光一訳、岩波文庫、二〇一〇、三八三頁、一部改訳)

言語意識の日常的限界を突破し、存在の始原へと、すなわち物質性《マテリアリテ》の根源へと降りて行った作家の忘我の意識のなかに、すでに「壮大な氷山」がこのとき出現していたのである。さらにこの「氷山」には変異形すら存在する。本書と同年に刊行された創作的なエセー『地上の見知らぬ少年』で、ル・クレジオは彼の「雲」への偏愛を語りながら、そこにやはり氷山の姿を透視している。

雲はどこから来るのだろう？　誰が雲を作っているのだろう？　一体誰によって生み出されているのだろう？　雲が姿を現すのはきっと、太陽が燃えさかる海の上、水と陸との境目、あるいは切り立った断崖や山肌がそそり立っているところだ。〔……〕どこへ向かっているのだろう？　アフリカかもしれない。アゾレス諸島かもしれない。もしかすると北へ向かう気流に乗って、アイルランドやスウェーデン、ノルウェー、フィンランドへ行くのかもしれない。〔……〕その雲は島のように大きい。氷山のように大きい。雲のなかには、望むままの住処がある。横になって眠りたいと思えば窪みがある。身を隠す場所や寝台もある。道のようなものもあるから、のんびりと歩くことだってできる。ああ、雲で暮らせたらどれだけいいだろう。太陽から守られたまま、雨が生まれる源泉のそばで、どこにいるのかも、どこへ行くのかも知らずに暮らせたら……。

（『地上の見知らぬ少年』鈴木雅生訳、河出書房新社、二〇一〇、六〇―六一頁）

いうまでもなく、雲は大気中に浮かぶ氷晶のかたまりであり、それじたい中空の微細な氷塊が集合して生まれた壮大な氷山だともいえた。ル・クレジオ自身が投影された、この大地にはじめて降り立った純粋な少年は、いまだ幼いことばで無垢の言語意識の発生の場にたちどまりながら、俗悪さのなかでの濫用によって世界に背を向けてしまう前の、言語の初発の様態を、雲への憧憬として語っている。氷山への憧憬を透かし見るようにして。

この氷晶によってできた「雲」は、ル・クレジオに啓示をあたえた「南」の火山パリクティンの上にも、たしかにかかっていたであろう。だがそれは、グリーンランドの、スピッツベルゲン島の氷床の中空にもひとしく横たわる、始原のことばの嬰児たちにほかならなかった。

魔術的な植物がさしだす白濁した液体。それが気化したような精霊たち。自由に姿を変える雲の変幻自在さ。水や雨の源泉。そしてついにはこの惑星の極点を治める白く「欲求なき隠者」である氷山。

すべては繰り返しだろうか？　おなじイマージュの文学的な反復にすぎないのであろうか？　いや、それは惰性的な繰り返しではない。そうではなく、ダトゥラの精も、雲も、氷山も、それが現実の奥底にあるもっとも深い真実にほかならないからこそ、作家はたえずその地点に立ち戻ろうとしたのだ。たえずその地点に憧憬とともに旅立とうとしたのだ。そして、それがジェネリックな希求であるかぎり、そうした旅はミショーやル・クレジオだけに独占されるものでもなかった。本書にこんな魅惑的な一節があった。

ぼくたちは宙づりになる、まさにそこは水と海による二つの完璧な圏域の間にある。ぼくたちは、北極星の光線が眠りにつく中心を見つけるために巨大なサークルを横断する。コンパスと無線方位計は狂うが、大したことはない、ぼくたち自身が狂っているのだ。不思議な静かな声は、その飛翔のうちに、そのダンスのうちに、世界の頂上に、ぼくたちを運んだ。　（本書、四二頁）

こんなル・クレジオの詩的なことばの背後に隠れた、気象学的・地球物理学的な精確さにも注意を払うべきだろう。物質的恍惚をめざす言語行為とは、そうした科学世界の簡明な真実とたしかに境を接しているからだ。ここで旅人が、未知のことばの飛行体に乗って横断する極点の巨大なサークルとは、アンマサリクからチューレを経てロモノソフ海嶺へと至る氷海をおおう壮大な北極海低気圧を暗示しているのだろう。そしておなじ天空を躍る巨人たちを、日本は東北の冷気のなかで、たしかに感じとっていた者がいる。宮澤賢治。風の精自身が、おのれの奔放な旅の経験を人間の子供たちに語って聞かせるという設定で書かれた、「風の又三郎」の初期形であるみずみずしい寓話「風野又三郎」。そこで賢治は、タスカロラ海床、グリーンランド、ゲーキイ湾、アラスカといった現実ないし架空の地名を並べたてながら、ガラスのマントを着けた風の精霊＝又三郎が巨大な低気圧《サイクルホール》となって極北の大空を飛翔するイマージュを、惑星的な想像力のもとに描ききっていた。

夜がぼんやりうすあかるくてそして大へんみじかくなる。ふっと気がついて見るともう北極圏に入ってゐるんだ。海は蒼黝《あをぐろ》くて見るから冷たさうだ。船も居ない。そのうちにたうとう僕たちは氷山を見る。朝ならその稜《かど》が日に光ってゐる。〔……〕向ふの方は灰のやうなけむりのやうな白いものがぼんやりかかってよくわからない。それは氷の霧なんだ。

（宮沢賢治「風野又三郎」『宮沢賢治全集　5』ちくま文庫、一九八六、三六六頁）

凍てついた神々が鎮座する、人間にのこされた最後の聖地。「神々の道」をたどって氷山へと至る旅人の群像のなかに、ミショーやル・クレジオとならんで、賢治もたしかにいた。むしろ二人の先駆者として。「北」をめざして自我を超えてゆくことば。人間が発見するのではない、人間の方を探しだしてくれることば。「イニジ」を論じたル・クレジオがいう「空中のことば」mots aériens、すなわち「精霊のことば」。風の翼を持ったかろやかなことば。それを書きつけようとする試みは、それじたい意識の限界をつきぬけてゆく究極の冒険行となるほかはない。

ル・クレジオが本書で示したように、書くことが旅することであるなら、読むこともまた旅である。そして、その旅が未知のものであること、人跡未踏の極北への旅であることほど昂揚することはない。読者がその旅の果てで出遭う氷山は、旅人が一人としておなじ者でない以上、無限定の姿をとって、私たちの言語的想像力の氷海を蒼黝い縞模様を描きながら揺れているだろう。

どんな本にも似ていない、本としての姿がたえず揺らめきながら変容する、不可知の本。氷山としての書物。空中の、精霊のことばたち。そぎ落とされた、清々しいほどに簡潔なことばの航跡をたどるうちに、その未知の海、未知の大空、未知の氷原の彼方に、忘れかけていた深い既知の島影が見えてくる。突き放されたことばの臨界で、ことばへのあらたな希望が感知されてくる。世界のみずみずしい更新。ことばを旅するとは、そのようなたえざる再発見の行為にほかならない。

（文化人類学者・批評家）

訳者あとがき

アンリ・ミショー（一八九九―一九八四）は、ル・クレジオにとってきわめて重要な書き手のひとりだ。ル・クレジオ本人がかかわった年譜には、長篇小説『調書』（一九六三）でデビューを果たした翌年に、「アンリ・ミショー作品における孤独」と題した論文で、高等研究免状を取得したとある（エクサンプロヴァンス大学）。ル・クレジオ、二四歳のときである。

この論文じたいは未刊行であるけれど、その抜粋「アンリ・ミショーについて断章」（一九六四）は読むことができる。マルセイユで刊行されていた著名な文芸誌『カイエ・デュ・シュッド』三八〇号に発表されたル・クレジオによるこの論考については、ミショーの訳業で知られる小海永二による翻訳がある（「アンリ・ミショー論」『小海永二翻訳撰集6』丸善、二〇〇八）。

このミショー論のモチーフは、最初の表題にあるように、孤独だと言っていい。一九六〇年代の南仏にあって、ル・クレジオは自分たちがあまりに不均衡で、統一性を欠いた時代を生きていると感じていた。一九世紀から現代にかけて、言語はもはや聖性を失って、人々を結びつけるのではなくかえって人々の孤立を深めるものになってしまった。そのような時代にあって、ル・クレジオにとってこの孤独の時代を生きる人々の指針となるのが、アンリ・ミショーの詩にほかならない。

この論考には見られないが、コミュニケーションの不可能性というル・クレジオの認識は、産業社会形成にともなう空間の都市化やメディアの拡張とも、じつは緊密な関係にあるとおもう。第二次世界大戦後のフランスといえば、「栄光の三〇年」と呼ばれる高度経済成長のただなかで、アメリカ合衆国型の大量生産・大量消費型の生活様式が定着してきた時期だ。電話、ラジオ、テレビなどのメディアの進展と一般化のうちに、ル・クレジオは都市生活者のつながりよりも孤独の条件を見ていたのだろう。

ル・クレジオの分析では、ミショーの詩には相反する孤独のかたちが見出せる。一方には、ミショーを内に向かわせ、おのれを消失させようとする受動的な孤独がある。他方には、むしろ外に向かって怒りや残酷さやユーモアといった感情を攻撃的に示す、積極的な孤独がある。ミショーはこの相克する孤独のなかにいる。その孤独の認識は徹底的で、ミショーは他人とのコミュニケーションなど絶対に無理だと捉えている。しかし、ミショーは、かれが「嘘のやりとり」だと認識する、他人とのコミュニケーションをおこなうことを止めない。コミュニケーションと表現することとの乖離。しかし、それを詩を書く条件とするところにアンリ・ミショーの現代性がある。二〇代のル・クレジオはそう捉えていたようだ。

＊

こうしてル・クレジオとミショーとの交流が始まることになる。どちらもコミュニケーションの不可能性を深く自覚する似たもの同士であるゆえ、ふたりがどんな会話を交わしたのか、ということはおそらくそれほど重要ではないし、そもそも多くは知られていない。そうであるものの、旅行記『エクアドル』（一九二九）の著者ミショーの足跡を辿って同地に滞在したル・クレジオが、一九六八年、イグアナの絵葉書に次のように書いてミショーに送ったことは興味深い。

イグアナはお好きですか？　地球上の陸地がすべてイグアナによって住まわれ、ヒトはたったひとつの島だけに棲息している、そんな世界であればよかったと夢想しています。親愛を込めて。

（今福龍太「ル・クレジオの王国を統べるもの」ル・クレジオ『物質的恍惚』岩波文庫、二〇一〇、四五一頁）

ガラパゴス諸島イザベラ島からの絵葉書（ミショーの『エクアドル』にはガラパゴス諸島の言及は出てこない）。絵葉書の爬虫類はこの群島に広範囲に棲息するウミイグアナだ。ガラパゴス諸島の特殊な動物種のうち、ウミイグアナを大写しにした絵葉書を選んだのは、ダーウィンの『ビーグル号航海記』を念頭においてのことかもしれない。ウミイグアナは、進化論の着想を与えたといわれるガラパゴス諸島の観察報告で記録されていた。

「進化」から取り遺された恐竜の親戚のようなイグアナ、したがって「進化」したとされる人間とは隔絶した時空を生きるこの巨大爬虫類が、地球の主になることを夢想するこの文面に、ミショーが共有しただろうル・クレジオの人間中心主義批判と別世界への憧憬が読みとれる。

エクアドルへの旅の数年後、ル・クレジオはパナマのインディオと共同生活を送る。一九七〇年から七四年にかけてのエムベラ族のもとでの数カ月間の生活は、ル・クレジオに根本的な転機をもたらした。「この瞬間から、この世界に触れてからぼくは、純粋に頭脳的、知的な人間であることをやめました。この大きな変化、非理知性は以後ぼくの著作の糧になっています」(「自身によるル・クレジオ」杉村裕史訳、『ル・クレジオ　地上の夢』思潮社、二〇〇六、二三八―二三九頁)。ル・クレジオの証言のとおり、以後の作風の変化はたびたび指摘されている。とはいえ、ル・クレジオの変化は、それ以前からの断絶というよりも、西欧近代的思考の呪縛から逃れようとする意志がよりいっそう明確に示されたことに求められるだろう。

この逃亡への意志は、ル・クレジオとミショーに共通するものであると、二人の作品を比較研究したある研究書は述べている(ジャン゠グザヴィエ・リドン『アンリ・ミショー、J・M・G・ル・クレジオ　言葉のエグザイル』キメ出版、一九九五(未訳))。ミショーがル・クレジオに影響を与えたということでなく、この両作家には他者への接近、他者への変容という根源的なモチーフで通底していたということだ

(二人を結びつける共通の作家はロートレアモンである)。ル・クレジオのインディオ体験は、他者の文化への没入の意味を、知識ではなく身体をつうじて感得させるものだったはずだ。

*

こうして一九七八年、モンペリエのファタ・モルガナ社から刊行されたオレンジ色の表紙の小冊子が、『氷山へ』と題された新たなミショー論だった。このころのル・クレジオはすでに一〇冊以上の著作を発表していた。さらに一九七八年は『海を見たことがなかった少年』、『地上の見知らぬ少年』、『木の国の旅』を出版する多作の年でもあった。そのことも重なってのことだろう、『氷山へ』は他の著作の影に隠れて、ル・クレジオの作品のなかでは目立たないできた感がある。

しかし、この小著がそのたたずまいに比してたいへん重要な作品であることは、このようにル・クレジオにおけるミショーの足跡を辿ることでも明らかだ。一九三四年発表の「氷山」、推定一九五五年執筆の「イニジ」。この二篇をめぐる試論《エセー》に「イニジ」を再録した『氷山へ』刊行を、だれよりも喜んだのはほかならぬミショーだった。「こんな贈物を受けた詩作者がこれまでにいたでしょうか？　ばつが悪いですし、身がすくみます。美しすぎる」。一九七八年一二月二二日付のル・クレジオ宛の手紙でミショーはそう述べる。

この手紙が引用されているプレイヤード版『ミショー全集』によれば、「イニジ」とル・クレジオによるその注釈は、一九七三年七月刊行の隔週書評紙『キャンゼーヌ・リテレール』一六八号に並んで掲載されている。たしかに初出では、B4

版ほどの大きめの紙面の中央を占める「イニジ」を取り囲むようにして、ル・クレジオのイニジ論は配置されている。初出のタイトルは「一篇の比類なき詩（イニジ）」だった。

このことは、『氷山へ』という小冊子の構成を考える場合には大切な参照項になる。というのも、『氷山へ』の本体をなすル・クレジオの同名のエセーと、「イニジ」論とではやや趣が異なるからだ。「イニジ」の詩とともに収録されたル・クレジオの文章は、やはり注釈という言葉がふさわしく、その謎めいた魅力を詩にそくして解説してくれる。それに対して「氷山へ」は、「氷山」にたいする注釈と捉えるよりも、かれの詩に着想を得た物語だと受けとった方がしっくりくる。

じっさい、イニジ論の二年後に、ル・クレジオの「氷山へ」がガリマール社の季刊文芸誌『カイエ・デュ・シュマン』二五号（一九七五年一〇月）に掲載されたとき、このエセーの冒頭には次のことばがひとことだけ寄せられていた。「わずかな言葉で、アンリ・ミショーはぼくたちをいくらでも旅させる。この旅行記《ルラシオン》、ミショーへの、かれがそう望んでくれるなら」。タイトルから、ミショーの「氷山」をただちに思い浮かべる読者は、そう多くないだろう。しかし、ル・クレジオのこのエセーは、もとの詩のみならず、ミショーさえも知らなくても、著者の視点を介して、ミショーとその詩のイメージを、〈北〉の方角のうちに、はっきり浮かびあがらせてくれる。

＊

この小冊子に収められた二つの作品は、どちらも一九六四年のミショー論と比べて、対象との距離が近くなっている。先に引用したル・クレジオの言葉を借りれば、「純粋に頭脳的、知的な人間」の視点からではなく、「非理知性」に身を投じる立場から『氷山へ』は書かれているといえるかもしれない。ミショーの詩性をつかもうとするそのことばは、インディオの世界を経験したル・クレジオの魔術的感覚に深く裏づけられているという印象を抱く。そのことばは、余計な論証を抜きにして、ミショーの根源を直截につかみとろうとする。

本書の序文にあるように、「氷山」と「イニジ」というこの「究極の二篇」にたいする著者の姿勢は、「旅するように」読むことだ。詩を分析的に読み解くのではなく、なによりも詩の世界のなかに入ること、その詩的経験を言葉にすることが、ル・クレジオのミショー作品への新たなスタンスだといえるだろう。とりわけ「氷山へ」は、「ミショーの流儀による彼の王国への架空旅行」のように読めるという今福龍太の指摘（「ル・クレジオの王国を統べるもの」前掲、四四九頁）が核心を突いているようにおもう。語り手の「ぼくたち」は、「声」に誘われるまま、北方にあてどなく向かう。

「氷山へ」はおおよそ一人称複数形で書かれている（難しい選択だが、ご覧のように「ぼくたち」と訳している）。読み始めるときには「ぼくたち」は読み手から少し遠いところにいるけれど、やがて読んでいる自分もまたこの旅に参加し、北方を目指したくなる。少なくとも、原文の端正にして優美な語り口には、読み手を旅にいざなう、透きとおった魅惑がある。

何年にもおよぶ夜々の航海を通じて、北の国からやって来る声の方角をめざして、「ぼくたち」は旅をする。北極海を渡り、グリーンランドを（おそらく）水上飛行機になって移動する。その旅の果てに、ついに氷山に出合う。その氷の山々は、神々のように君臨する。都会に住み、それぞれの孤独を生きる人びとは「氷山へ」を通じて、聖なるものに触れる。

これを「現代社会の神話」とひとことでまとめてしまえば、この物語はたちどころに消えてしまいそうだ。けれども、この小著の魅力は、読書を通じて、時間的にも空間的にもへだたった、聖なる場所へと読み手を連れ出してくれるところにある。さらにいえば、「氷山へ」を読んだあと、ぼくたちは自分たちの生活のうちにあの「声」を探したくなるだろう。冷凍庫のなかをのぞき込みたくなったり、北極星の方角へ夜空を眺めたくなるだろう。それが詩の力、「冒険へと誘い、もうひとつの世界を与える」、アンリ・ミショーの言葉の魔法であるといえそうだ。

＊

本書は、J.M.G. Le Clézio, *Vers les icebergs*, Éditions Fata Morgana, 1978 の全訳である。初版刊行後（一〇〇〇部）、ファタ・モルガナ社から一九八五年に新装版（五〇〇部、二〇〇五年に第二版）が刊行されたのち、二〇一四年に「瞳孔拡大」との合本の形でアルバン・ミシェル社から再刊された（したがって原著の版権は、現在、同社が保有している）。初版のごくわずかな誤植をのぞき、いずれにも本文の異同は見られない。

すでにこのあとがきや註でところどころ触れているが、ここで改めて『氷山へ』の書誌情報をまとめて記しておこう。本書は、見られるとおり、「序文」と見なせる文、「氷山へ」、「アンリ・ミショー「イニジ」」、「イニジ」の四つのパートから構成されている。一九七八年六月一五日の日付のはいったル・クレジオの序文をのぞき、ほかの文章は再録である。なお原書には目次はない。

このうちミショーの「イニジ」は、限定八三〇部で一九六二年六月にカール・フリンカー社から出版された詩画集『風と埃——1955-1962』を初出とする。ただし、本書で引かれている版は、一九七三年五月にガリマール社から九一一二部刊行された詩集『様々な瞬間——時間の横断』の方だ。ふたつの詩には版元のちがいだけでなく、若干の異同がある。煩雑になるので逐一指摘しない。ご関心のある方はプレイヤード版『アンリ・ミショー全集』第三巻の校訂ノートを参照してほしい。

ル・クレジオのイニジ論は、『様々な瞬間』刊行から間もない、『キャンゼーヌ・リテレール』一六八号（七月一六日—三一日号）に掲載された。そのイニジ論は、本に収めるにあたり、タイトルの変更（「一篇の比類なき詩（イニジ）」から「イニジ」へ）をのぞけば、加筆も修正も見られない。

一方、一九七五年一〇月の『カイエ・デュ・シュマン』二五号に掲載された「氷山へ」には、再録にあたって、細かい修正が見られる。アクセント記号の有無や改行などもふくめると一七箇所におよぶものの、どれもが微修正のため、読むにあたって印象が変わるほどのものではない。初出と同じく、アンリ・ミショーの詩「氷山」は収められていない。

この日本語版には、その「氷山」を、ル・クレジオの評論「氷山へ」の前に、著者の了承を得たうえで新たに付している。これまでの経緯から明らかなとおり、「氷山へ」はそれじたい独立した作品だ。その点を考慮して「氷山」はエピグラフに配置している。読書の参考になればうれしい。

ミショーの詩は以下を定本にした。Henri Michaux, « Icebergs », *La nuit remue*, Gallimard, 1935, p. 93; Henri Michaux, « Iniji », *Moments : Traversées du temps*, Gallimard, 1973, pp. 79-90. プレイヤード版『アンリ・ミショー全集』全三巻の該当箇所もあわせて参照した。訳出にあたっては、小海永二の個人訳『アンリ・ミショー全集』全四巻（青土社、一九八六―八七、八〇〇部）を参考にした。

ついでに凡例めいたことを少し書いておくと、原文中、強調のためにイタリック体になっている部分は、ゴシック体にしている。ただし、原書『氷山へ』ではイタリック体で収録されているアンリ・ミショー「イニジ」の全文は明朝体にしてある。原文中の《　》は「　」に置き換え、大文字で始まる単語は、訳者の判断で強調が必要と感じられた箇所のみを〈　〉で括っている。文中の〔　〕は、訳者による補足ないし簡単な訳註であり、一二頁の比較的長い二つの訳注のみ＊を付して傍註とした。同じく、必要に応じて加えた原綴も〔　〕で示している。

*

本書の翻訳を薦めてくれたのは、ル・クレジオとミショーのために格別のエセーをお寄せくださった今福龍太さんであり、資料の提供もふくめて、ひとかたならずお世話になった。

これまでも『荒野のロマネスク』をはじめとする今福さんの仕事に導かれて、ル・クレジオの作品に接してきた訳者としては、この提案はうれしいものだった。ただ、ル・クレジオのほとんどの作品が日本語で読めるなかで、小著とはいえ本書がこれまで訳されてこなかったことにはなんらかの理由が考えられた。その理由のひとつは、この本が、ミショーとル・クレジオという非凡なふたりの交わる地点に位置しているからだということは容易に推測され、いわゆる専門家ではない者の立場からすれば、訳すことじたいに慎重になるべきかもしれなかった。しかし、この著作を入手して読み始めたときには、研究者の慎重さよりも、冒険心のほうがまさっていた。ル・クレジオとミショーの「声」にいざなわれるがまま、「旅するように」訳したくなっていた。そうしてパリで暮らしていたある冬の間、パソコンの明かりに疲れると、夜々の窓の向こうに北極星を何日も探して過ごした。

最初に訳稿を読んでくれた大友哲郎さん、小林浩さんは本書の重要性をいち早く認めてくれた。記して感謝したい。翻訳の過程ではほかにも多くの人にお世話になったが、なかでも、グリーンランドと北極圏の地図収集に協力してくれた大東文化大学板橋図書館の方々にお礼を言いたい。

できあがった訳稿が、ル・クレジオの原書がそうであったように、本の形をとることができたのは、ひとえに水声社社主・鈴木宏さんのご厚意と本書を担当してくれた後藤亨真さんの書物への情熱のおかげである。本にすることは本書にたずさわった者たちの強い願いだった。けれども、それ以上に、本になることは『氷山へ』それじたいの意志だった。そう思えてならない。

二〇一四年冬

中村隆之

著者／訳者について――

J・M・G・ル・クレジオ（J.M.G. Le Clézio）　一九四〇年、南仏ニースに生まれる。小説家。一九六三年のデビュー作『調書』でルノドー賞を受賞。二〇〇八年にノーベル文学賞を受賞。主な作品に、『物質的恍惚』（豊崎光一訳、岩波書店、二〇一〇年）、『悪魔払い』（高山鉄男訳、岩波書店、二〇一〇年）、『隔離の島』（中地義和訳、筑摩書房、二〇一三年）などがある。

＊

中村隆之（なかむらたかゆき）　一九七五年、東京都に生まれる。東京外国語大学大学院博士課程修了。現在、大東文化大学専任講師。専攻、フランス語圏カリブ海文学。主な著書に、『カリブ－世界論』（人文書院、二〇一三年）などがある。

装幀――宗利淳一

氷山へ

二〇一五年二月二五日第一版第一刷印刷　二〇一五年三月一〇日第一版第一刷発行

著者——J・M・G・ル・クレジオ

訳者——中村隆之

発行者——鈴木宏

発行所——株式会社水声社

東京都文京区小石川二—一〇—一
郵便番号一一二—〇〇〇二
郵便振替〇〇一八〇—四—六五四一〇〇
電話〇三—三八一八—六〇四〇
FAX〇三—三八一八—二四三七
URL : http://www.suiseisha.net

印刷・製本——ディグ

ISBN978-4-8010-0082-7

sentier de la critique 批評の小径

ロラン・バルト　最後の風景　ジャン＝ピエール・リシャール　二〇〇〇円
フローベールにおけるフォルムの創造　ジャン＝ピエール・リシャール　三〇〇〇円
日本のうしろ姿　クリスチャン・ドゥメ　二〇〇〇円
マラルメ　セイレーンの政治学　ジャック・ランシエール　二五〇〇円
夢かもしれない娯楽の技術　ボリス・ヴィアン　二八〇〇円
オペラティック　ミシェル・レリス　三〇〇〇円
みどりの国　滞在日記　エリック・ファーユ　二五〇〇円

［価格税別］